커피의 시간

My Coffee Affair and Other Snacks

ⓒ **2018 Zulie**

Licensed through Kepustakaan Populer Gramedia
Korean edition is published by arrangement with RH Korea Co., Ltd
through Eric Yang Agency
All rights reserved

이 책의 한국어판 저작권은 EYA(Eric Yang Agency)를 통해
Kepustakaan Populer Gramedia와 독점계약한 '(주)알에이치코리아'에 있습니다.
저작권법에 의하여 한국 내에서 보호를 받는 저작물이므로 무단전재 및 무단복제를 금합니다.

삶에서 마주치는
뜻밖의 순간들에게

커피의 시간

줄리에 지음
키와 블란츠 옮김

알에이치코리아

삶에서 마주치는 뜻밖의 순간들에게

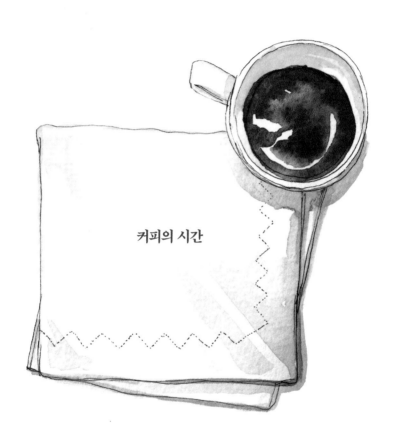

커피의 시간

굿모닝,
카푸치노 한 잔 주실래요?

물론 난 너에 대한 이야기를 들었어.
사람들이 너에 대해 하는 이야기,
네게 쏠리는 세간의 관심,
네 삶의 금기 사항,
네가 추구하기로 선택한 길에 대해서.
넌 정말 대담한 돌파구를 찾아
담대한 행동을 보여 주었더라.
굉장한 돌파구를 찾아냈더라.
너는 행동으로
네가 보통 인물이 아님을 증명해 보였어.

속으로 약간 자극을 받긴 했지만
너에 대한 소문에는 관심 없었어.
소문은 하루 이틀 후에 내 머릿속에서 사라지고
나는 내 일상과 내 삶을 이어갔지.

늘 즐겨 먹는
티라미수도 먹었어.

그랬는데,

꿈을 꾸었어.

정확히 기억나진 않지만

꿈속에 네가 나타났어.

앞뒤가 맞지 않는 꿈이라

곧 잊어버렸지만.

그런데 두 번째 꿈도 꾸었어.

일주일 후에.

이번에는 좀 더 생생해서

꿈에서 깨어나 조금 당황했어.

내면의 작은 목소리가

어떻게 해보라고 속삭였어.

하지만 내 이성은 아무것도 아니라고 거부했어.

꿈은 잠에 치는 양념 같아서

아무 의미도 없다고 되뇌이면서.

그래서 이번에도 무시했지.

몇 주가 흐르고
몇 달이 지나고
꽃이 피고 하는 사이
꿈은 희미해지다가
정말 아무것도 아닌 것처럼
잊혔어.

지난 해 9월이 시작될 때쯤

궁금해졌지.

"어떻게 지내고 있을까?"

그즈음 꿈속에서 너를 보았어.

세 번째로.

화들짝 꿈에서 깼을 때
거의 무섭기까지 했어.

심장이 마구 뛰는 소리가 들리는 것 같았지.
쿵덕쿵덕…….
내 곁에 있었다면 맹세코
누구라도 그 소리를 들었을 거야.

침대 모퉁이에 잠자코 앉아
기다렸어.
놀란 가슴이 진정되기를,
제정신이 들기를,
현실 감각이 돌아오기를.

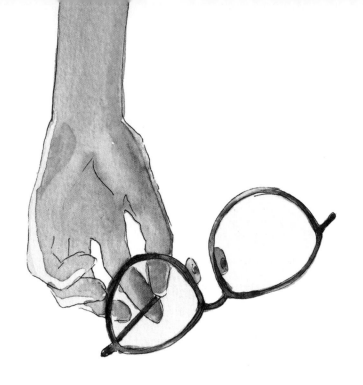

그때 어떤 목소리가
큰 소리로 다그쳤어.
너와 알고 지내는 사이가 되라고.
모른 척할 수 없었어.
"어떻게 해봐" 하는
그 큰 목소리를.

그래서 한두 가지 일을 끝낸 후
너에게 관심을 집중했지.
내가 가진 것으로
내가 할 수 있는 걸 했어.

너의 사진들을 죽 훑어 보면서
네가 아직 혼자라는 걸 알게 되었어.
사진 한 장을 선택했어.
몇 년 전에 찍은
너의 진지한 눈빛이 담긴 사진.

스케치북에 연필로 스케치를 하는 동안 궁금해졌어.
너라는 사람으로 사는 건 어떤 기분일까.
수많은 격랑을 이겨 낸다는 건 어떤 느낌일까.
너와 이야기를 나눈다는 건 어떤 마음일까.
넌 커피를 어떻게 마실까.

그림이 완성됐어.
어떤 콘셉트가 여기 어울릴까?
에이, 아무려면 어때.
그냥 포스트하지, 뭐!

그렇게

그림이 공개됐어.

포스트했거든.

태그를 달아서.

큰일났네.

내가 대체 무슨 멍청한 짓을 지지른 거야?

몇 분을 기다렸을까. 긴장되고 좌절감에 휩싸인 채.

8시 3분 전, 전화기가 부르르…… 떨었어.

"안녕,
그림 고마워!"

예상했던 대로
상투적이고 평범한 댓글이었어.

지극히 당연한 반응이었지만
너무나 가슴 졸이던 나의 심장은
걷잡을 수 없이 뛰었어.
꿈에서 깨어났을 때와 같은
알 수 없는 흥분과 떨림.

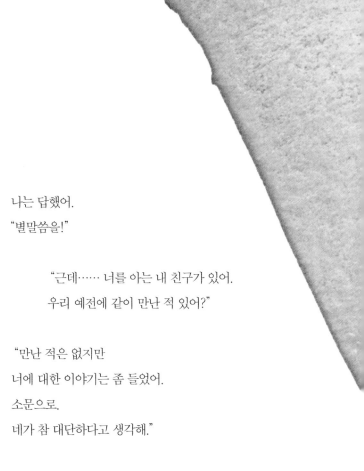

나는 답했어.

"별말씀을!"

"근데…… 너를 아는 내 친구가 있어.

우리 예전에 같이 만난 적 있어?"

"만난 적은 없지만

너에 대한 이야기는 좀 들었어.

소문으로.

네가 참 대단하다고 생각해."

"진짜?

무슨 이야기를 들었는지 좀 더 알고 싶은데?"

우리의 대화는 그렇게 시작되었어.

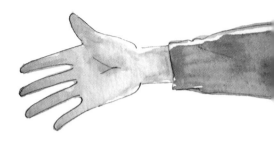

온전한 정신이 나를 떠나는 순간이었지.

머지않아

내가 어떻게 생겼는지 궁금해진 너는

사진 한두 장 보내 줄 수 없을까, 하고 물었어.

부끄러운 줄도 모르고 나는

곱슬머리 가발을 쓴 셀피를 찍어 보내

너를 웃겼지.

대화는 완벽했어.

우린 많은 이야기를 나누었지.

가족, 친구, 그리고 좋아하는 것들에 대해.

전혀 어색함 없이

허물없이 서로의 속마음을 털어놓았어.

난 정말 솔직한 대화라고 느꼈어.

있는 그대로

감추는 것 없이

어두운 것 밝은 것 가리지 않는 대화.

꾸밈없이
솔직하게
적극적으로

있는 그대로
진실 그대로.

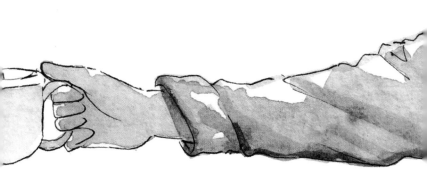

어느 순간부터

매.일.매.일.

아침부터 저녁까지 매 순간

내 마음은 네 생각으로 가득 찼어.

어느 맑은 오후

주방 창가에 앉아

우리가 그동안 주고받은 문자를

처음부터 다시 읽어 봤어.

키득키득.

즐거움과 들뜬 마음으로 함께했던 그 사흘의 시간.

새벽 2시인데도 졸립지 않다고 우기다가

전화기를 손에 쥔 채 잠들었던 기억.

다음 날 아침 일어나자마자

제일 먼저 서로에게 글을 남겼던 기억.

마음 깊은 곳에서 일어나는 불꽃을
난 부인할 수 없었어.
내가 정말 너의 이름을 부르고
내 자신을 탓하게 될 일이 벌어지기 전에
꺼지기 바랐던 그 불꽃을.

하지만 너의 말들은

내 영혼에 와닿았고

넌 우주의 다른 모습을 내게 보여 주었고

내가 한 번도 가 본 적 없는 곳으로 나를 데려다 주었고

내가 알지 못했던 것을 보여 주었고

여지껏 느껴 보지 못한 감정을 느끼게 해주었어

지금까지 그 누구도

나를 너처럼 사로잡지 못했어.

이건 진실일까?

아니면 호기심의 다른 얼굴일까?

"서로 세 번 이야기 나누었을 뿐인데
아주 오래전부터
이미 알고 지낸 사이처럼 느껴져."

"나도 그래!"

우리는 씨앗을 뿌리고
대화로 물을 주고
서로의 마음으로 가꾸고 키워
원치 않았던 희망을 싹틔웠어.

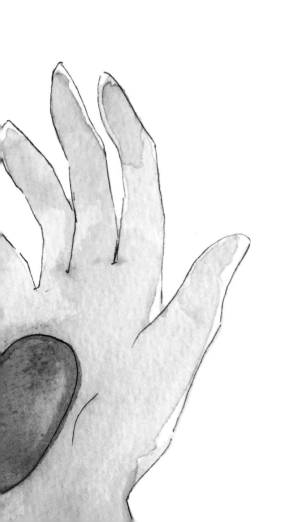

처음 우리가 만났던 그 순간을
난 즐거이 되새기곤 해.

비가 내리는 날
계획 없이 이루어진 만남.
세 번이나 장소를 바꾸다가
결국 동물병원에서 만나기로 결정했잖아.

머리끝에서 발끝까지 검은 옷차림,
동그란 안경,
멋진 스타일의 네 짧은 머리처럼 검은 옷을 입고

태연한 척했지만 난 그날 정말 긴장했어.

고스란히 드러났지.

내 모습에 실망하지 않을까
살짝 걱정했어.
뺨이 붉어지면
얼마나 쿨하게 행동해야 할까?

하지만 자연스레
우리 사이 공간이 좁혀지고
살짝,
내 팔꿈치에 너의 손길이 닿았어.

"내 우산을 써."

눈이 마주치고
넌 입술을 깨물었어.
네 손가락 끝마디를
내가 어떻게 잊을 수 있을까.

"우리에 대해 아는 사람 있어?"

내가 물었어.

"단 한 사람도 없어."

너는 대답했지.

우린 서로의 결점을 감싸안고
서로의 비밀을 알고
서로의 생각을 이해하고
서로에 대해 호감을 느꼈어.

마침내
우리의 입술이 닿았고.

난
너무 많은 것을 느끼고
너무 많은 생각을 하고
너무 많은 것을 원했어.

늦은 밤 채팅에서
일주일간의 대화에서
들뜬 감정에서
두 시간 동안의 만남에서
진지한 순간들에서
기습적인 입맞춤에서
너로 인해 느끼게 된 내 감정에서
그리고 그 뒤 이어지는 침묵에서.

"왜 그래?"

내가 말했어.
"나도 모르겠어.
많은 남자와 사귀어 봤지만,
이번엔 이상하게 좋은 느낌이 들어."

소울메이트?

낡아 빠지고 진부한,

너무 신파적이어서 정의 내리기 어려운데

번거럽더라도 구글에서 이 말 한 번 검색해 봐.

우리가 사귄다는 건 전혀 생각해 보지 못했지만
누가 누굴 나무랄 수 있을까.
푸른색 안에 갇힌 채
더 많은 푸른빛을 바란 건 나뿐이었으니.
우리에게 주어진 시간은 많지 않았는데.

넌 마치 도깨비풀처럼
진득하게 내 마음에서 떨어지지 않아서
난 난관에 빠지고 말았어.

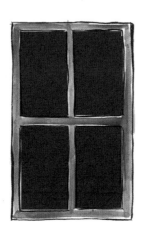

넌 나보다 그녀를
먼저 알았고
넌 그녀에게 마음이 있으면서도
나를 거부할 수 없었지.

그녀는 네 여자가 아니었고
넌 나의 남자가 아니었어.
우린 모두 보이지 않는 복도에서
선을 넘지 않으려 몸부림치고 있었던 거야.

우리가 가까워지려 할 때쯤
너는 결정을 내려야 했지.
그녀는 소란스러웠고
그래서 너는 네 안에 있는
내 목소리를 줄이려고 했지.

하지만 아직도 나의 속삭임을 좋아했던 너는
내 목소리를 완전히 줄이지 않았어.
그러나 네가 쫓고 있는 것은 내가 아니었기에
나는 그녀를 대신할 수 없었지.

넌 나를 두 번째 선택으로 받아들였지만
나는 포기했어.
사랑은 반드시 소유해야만 하는 것이 아님을,
서로 통하는 마음이 진정한 보답임을 믿었으니까.

우린 버텼어.
아니, 난 버텼어.

불확실한 마음이 들고
네가 점점 멀어지는 듯했지만

환상의 로프에 매달려
어떻게든 애를 쓰며
진정한 희망을 갖길 바랐어.

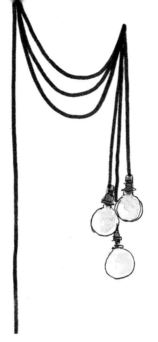

네가 우리 사이를 보류하고 있던 걸까.

운명이 우리를 보류하고 있던 걸까.

오랜 기다림 동안

연속 플레이리스트로 음악을 듣다가

우리 둘 중 하나가 침묵의 여백을 채워 주는

그 소음을 듣는 데 지쳐

통화를 끝내기로 마음먹을 때까지.

불길한 침묵과

무미건조한 몇 번의 대화가 오간 후

그리고 몇 주가 지난 후

네가 말했어.

"미안해.
내 마음속은 온통 그녀 생각뿐이야.
그녀를 생각하면 마음이 아려.
극장에서 키스신을 볼 때도 그녀 모습이 아른거려.
이런 적은 처음이야."

난 말했지.

"괜찮아.

이해해.

나도 같은 느낌이야."

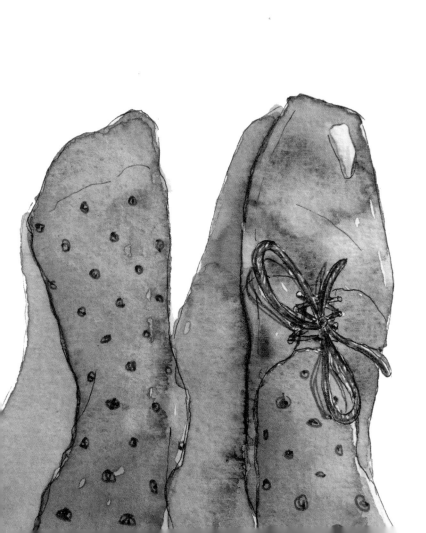

넌 마음을 결정했고

나에게 선을 그었어.

굵지는 않지만

알아볼 수 있을 만큼 뚜렷한 선.

너를 내 남자라고 부를 수 없다는 선.

'나'라는 존재는

'너'라는 바다에 떨어진 한 방울 물이라는 것,

'너'라는 하늘에서 빛을 잃어 가는 별이라는 것,

거리낌 없이 너를 높이 띄워 줄

네 환상 콜렉션의 한 점이라는 것을

어렵지 않게 알아차릴 수 있었어.

마지못해

나는 물러섰어.

내겐 투정 부릴 권리조차 없다는 걸 깨달으며.

하늘의 뜻은 인간의 뜻보다 더 깊으니까.

한때 정말 즐거웠어.

말 그대로

내 꿈을 좇았던 거니까

후회하지는 않아.

꿈으로 시작해서

꿈으로 끝났지.

그리고 한낱 꿈으로만 남을 테고.

굿나잇.

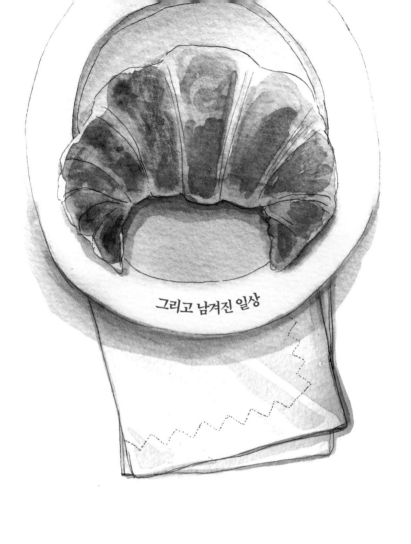

그리고 남겨진 일상

"넌 나를 대체할 수 없어.
난 이대로가 좋아.
애써도 소용없어."

왼쪽 아니면 오른쪽

설탕을 넣은 차 아니면 병에 든 차
계란 국수 아니면 인스턴트 국수
요구르트 아니면 아이스크림

케이티 페리 아니면 테일러 스위프트
로빈 윌리엄스 아니면 게리 발로

마당이 있는 집 아니면 아파트
손님용 별채 아니면 모텔
우아함 아니면 럭셔리

깊은 대화 아니면 스쳐 지나는 대화
바라는 것 아니면 원하는 것
자아 통제 아니면 내숭
조심스러움 아니면 긍정
사랑 아니면 욕망
열망 아니면 책임
삶 아니면 존재?

하루

하루를 이렇게 보내도 괜찮아

쿠키만 먹으며

커피만 마시며

한 번만 목욕하며

책만 읽으며

피아노 연주만 들으며

고양이하고만 이야기 나누며

단어만 생각하며

시만 쓰며

너만 그리며

추억만 느끼며

꿈만 소망하며

냉동의 즐거움

어느 먼 훗날
하나씩 하나씩 꺼내
녹일 수 있게
난 나의 즐거움을
얼음 만드는 기계에 넣어
급속으로 냉동시킨다

그 무엇도

그 무엇도
그를 넘어뜨릴 수 없어.
세 겹 칠한 그녀의 마스카라도
복숭아 같은 엉덩이도
육감적인 걸음걸이도
무결점 피부도
입맞추고 싶은 뽀로통한 입술도
천사 같은 미소도
우아한 몸매도
여성스러운 제스처도

이 모든 환상적인 매력들도
사슬에 매인 그의 영혼을 흔들어 놓지 못해

우리는 모두 불

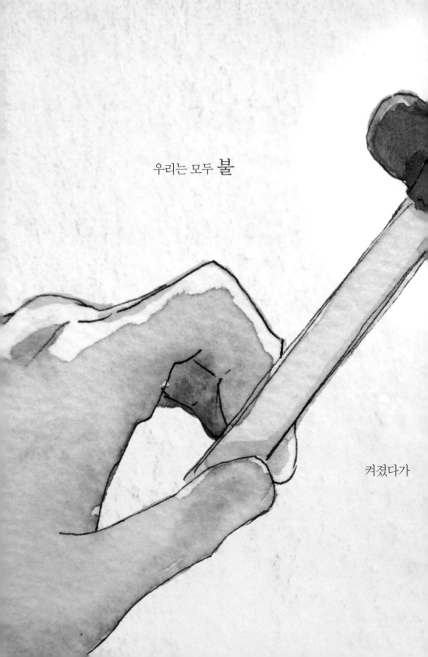

켜졌다가

사랑과

현실로 인해 점점 빛을 잃어 가는.

두려움

나는 두렵다
계란 프라이 노른자를 깨뜨리는 것이
차갑게 식은 양고기를 먹는 것이
점심 먹을 생각이 없는데
예쁘게 차려진 음식에 숟가락질 하는 것이
밖으로 나가 돌아다니는 고양이가
저녁이 되도록 집에 돌아오지 않는 것이

나는 무섭다
날아다니는 바퀴벌레가
공공화장실 변기가
화장실 천장에 붙은 도마뱀이
자동차가 방향을 바꿀 때
바뀌려는 신호등이

나는 두렵다

석양이

우리 아빠가

거부당하는 것이

변화가

그럴듯한 거짓말이

한때 우리가 가졌을지 모를 그 무엇인가를

잃는다는 것이

한때 나는

나는 젊었다
어리석었다
충동적이었다
순진했다
호기심이 많았다
쉽게 상처를 입었다
희망이 가득했다
두려움이 없었다
마음이 들떠 있었다

그리고
나는 아직 성숙하지 않았다

밤 하늘 아래 담요를 펴고

마녀가 달을 가로질러 가기를 기다려 보자.

항해자

나는 그녀를 파헤친다
뭔가 익숙한 것을 찾기 위해
그러나 파내면 파낼수록
더 분명히 알게 된다
그녀가 잠시 찾아온 방문자일 뿐임을
자신의 닻을 내리려 하지 않고

좀 더 시간이 지난 후에는

사라지고 만다는 것을

이방인보다 더 낯선

그 어느 때보다 더 낯설다는 것을

후회

나는 후회한다
너를 알게 된 것
너를 만난 것
너를 너무 늦게 만난 것
더 적극적이지 못했던 것
너의 입맞춤에 입맞춤으로 응답하지 않았던 것
좀 더 오래 너를 바라보지 않았던 것
좀 더 깊이 너를 느껴 보지 않았던 것
차에서 너무 일찍 내려 버렸던 것
내가 했던 말들
그리고 내가 하지 않았던 말들을

하지만
어쩐지 난 나의 후회가 만족스럽다

그녀를 사랑하는 너를

나는 사랑한다

네가 나의 남자가 되게 허락하면

넌 내 앞에 그어 놓은 선을 흐릿하게 해줄까?

나를 소유하고 싶어 하는 것처럼
그렇게 나를 사랑해 줘
나 혼자 이런 마음이 아니라는 걸
내게 보여 줘.

자유로이 풀려나서

내
안에서
만찬을

누가 먼저 시작했지?

'누가 먼저 시작했는지'가 왜 중요해?

끝이 안 좋으면 탓할 사람이 필요해서?

자존심을 지키려고?

네가 괜찮은 사람임을 증명하려고?

인생은 너무 짧아

내가 쿨한 척하기에는
내가 그렇지 않은 척하기에는
내가 그녀를 좋아하는 척하기에는
내가 그렇지 않은 척하기에는
내가 눈이 먼 척하기에는
내가 그렇지 않은 척하기에는

하지만
인생은 결코 충분히 길지 않아

그들이 행복해지는 걸 보기에는

그들이 더 나아지게 해주기에는

주목을 끌기에는

남들을 심판하고픈 사람들의 입맛을 맞추기에는

태도의 기준에 맞춰 살기에는

영원한 것은 없다

영원한 것은 없다

영원한 것은 없다

영원한 것은 없다

영원한 것은 없다

스스로 다섯 번 이렇게 외쳐 보지만

그래도

내 온라인 친구들을 잃을까 봐 나는 걱정이다

우리의 대화가 식을까 봐

우리가 자연스레 말을 하지 않게 될까 봐

너와

그들이 어느 순간 나의 삶에 들어와 머물다 간 뒤

많은 순간을 함께하고

서로에 대해 알고

수많은 소소한 추억들을 함께 쌓은 후에

관계도 그렇게

일회성일까?

그녀

그녀는 높은 자리에 앉아 있다
그녀의 셔츠는 색상별로
깔끔히 정리되어 있다
그녀의 파일은 서류철에 따로따로 분류되어 있다
그녀는 명함 보관함을 갖고 있다
그녀는 더 열심히 노력하도록 자신을 채찍질하기 위해
높은 기준을 세우고 이를 지킨다

그녀의 일정표에는
스케줄이 가득하다
매 시간 해야 할 일이 다섯 가지다
뒤로 미루지 않고 해야 할 때를 지킨다

그녀는 돈을 잘 쓴다.
고급스런 저녁 식사로 경이로운 성과를 낸다
루이뷔통과 돌체앤가바나는 그녀를 행복하게 한다
잠시 피었다 지는 꽃다발보다 더

그녀가 지닌 수퍼파워는 인내심
어려운 상황일수록 더욱더 노력한다
일상에 권태를 느끼지 않는다
일상이 아무리 자신을 괴롭혀도
자신의 감정만 죽일 뿐

특히 힘든 날이면 따뜻한 샤워를 하면서
물로 눈물을 씻어 내린다
그리고 독한 술 한 잔 마시고
깊이 잠든다

공주

결국
공주는 자신을 구하는 법을 스스로 깨쳤다
왕자의 말이 실은 막대기이고
왕가의 사람들이 실은 마법사들이고
용에 대한 이야기는 거대한 음모라고 여김으로써

그리고
그는 다른 누군가의 왕자임을 인정함으로써

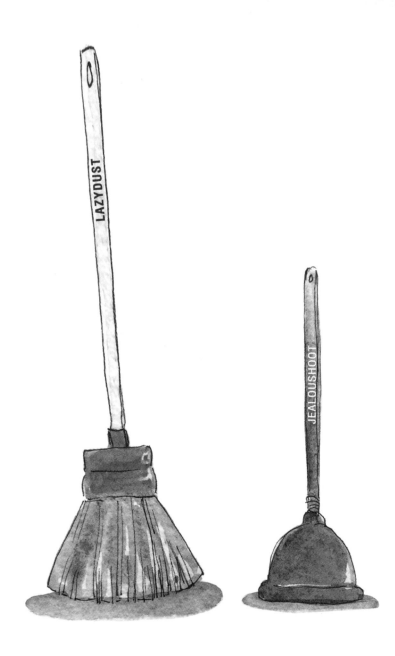

PESSIMISTAIN

SELF
PIRTY

MATERIALBRUSHTIC

얼마나

우리는
얼마나 많이 우리 자신을 다른 사람들에게 베풀 수 있을까?
얼마나 많은 사람들에게 베풀 수 있을까?
얼마나 기꺼이 그렇게 할까?
그들의 능력은 얼마나 클까?

우리의 전부를 베풀고
베풀 것이 전혀 남아 있지 않은 걸까
아니면
우리의 전부를 베풀고도
베풀 것이 충분히 남아 있을까
우리는 한정적일까, 무한정일까

누군가는 우리를 완전히 받아들일까
우리는 그들의 잔이 넘치게 할까
아니면
구멍을 뚫고 흘러갈 수 있도록
구멍을 내는 걸까
아니면
그들의 잔을 채울 만큼 충분치 않은 걸까

각양각색 사람들과 소설하기

충분한 리액션을 해주지 않으면
사람들은 네가 거만하다고 생각한다
리액션을 너무 많이 해주면
사람들은 너에게서 뒷걸음친다
그리고 너를 무시하거나
만만하게 여기고
너의 머리 위에 기어올라 앉으려 든다

그들의 안부를 묻지 않으면
사람들은 네가 무관심하다고 생각한다
안부를 물으면
남의 일에 웬 상관이냐고 생각한다

그래서 너는 입을 다물어 버린다.
그러다 보면 어쩔 수 없이 외로움을 느낀다
하지만 상황 전체를 생각해 보면
알게 된다

무의미한 말싸움을 거칠게 한 뒤에도
무지막지하게 인신공격을 퍼부은 뒤에도
자꾸만 다시 찾아오는
몇 안 되는 사람들
언제나 변함없이 나타나는 사람들이 있다는 것을

그래서 다시 그들을 불러들여서
결국 또 다른 말싸움을 벌이게 된다는 것을
참으로 아름다운 인생이 아닐 수 없다!

이성

그처럼 세세한 차이점 때문에
그처럼 심하게 말다툼을 벌이며
두 사람 중 한 사람에게 굴욕감을 느끼게 하면서도
왜 우리는 사랑에 빠지는 걸까

Read
18:09

Seen

진짜 문제

나는 혼란스러워
내 숨에 스스로 목이 막히는 것 같아

너에게 문자를 보내고
네가 문자를 보았는데
답신이 오지 않아

그건

우리에 대해 많은 기억은 없어

짧았고
격렬했고
비상식적이었고
꾸밈없었고
진실되었고
깊었고
마법 같았고
눈부셨고
터무니없고
놀랍고
흔치 않고
만족스러웠어

그건
그것뿐이었어

혼잣말

오늘 날씨 참 좋아
— 가서 드라이브나 하렴

오늘 기분이 우중충해
— 그럼 기분을 화창하게 해

그 사람 생각을 떨쳐 버리지 못하겠어
— 계속 애써 봐

그렇게 못하겠어
— 그건 옳지 않아

어떤 느낌인지 망각해 버릴까 봐 두려워
— 그럼 글로 남겨 둬

사람들이 나를 멍청이라고 생각해
— 그냥 웃어 버려 :)

난 네가 좋아. 제발 그냥 있어 줘
—

그럴 수 없지, 안 그래?

"그 말 들으니 행복해. 그리고 고마워.
하지만 네게 헛된 희망을 주고 싶지 않아."

UNFORTUNATELY NOTHING ★ IS FREE ★

이별

나는 중간에서부터
시작된 종말이 필요해.
우리 사이는 이루어질 수 없다는 걸
증명할 기회가 필요해.

언젠가

난 이제 지겨워질 거야
우린 이제 지겨워질 거야
난 너를 잊을 거야
우린 모르는 사람이 될 거야
난 너의 입맞춤을 잊을 거야
우리는 똑같은 박자를 함께 나누지 못하고
나는 우울한 기분을 떨치게 될 거야
나는 생생해질 거야
무지개 색깔처럼

우리가 노력하지 않아서가 아니라
우리에게 기회가 없어서가 아니라
우리 사이에 존재하는 거리를
아마도 이것이 메마르게 하고 있는 건지도 몰라

언젠가……

그 언젠가가 오기를
나는 기다리고 있어.

그대,
내 눈에 반짝임을 준 그대

잠시 동안이었지만
고마웠어요!

그리운 것들

당신,

잃어버린 내 폰,

일요일 아침 몰아 읽는 만화,

통학용 버스,

멕시코 드라마,

손으로 쓴 편지 읽기,

우리 부모님,

운동장에서 뜀박질하기,

교정의 나무 벤치,

학교 근처 우동집,

팬시 잡지 읽기,

음악 시간에 목청껏 노래 부르기,

우리,

우리가 함께했던 순간들,

도시락에 담긴 야채 볶음밥,

수업 시간 중에 돌리던 쪽지,

길 잃기,
호숫가에서의 긴 산책,
옛날 편지에서 나는 냄새,
절친의 차 안에서
제이미 컬럼 노래 듣기,
별바라기,
침묵,
아이스 향수,
나의 순수,
그리고 다시
너.

나날들

내가 보낸 나날들은
네가 한 말과 엉망진창이 된 이 상황 사이의
상관관계를 찾기 위한 몸부림의 연속.

내가 보낸 한 주 한 주는
네가 한 말들이 진실인지 밝혀내기 위한 재판.

한 달이 지나고 또 한 달이 지나도
사람들이 한 말과 너의 입에서 나온 진실을
가리는 것이 더 쉬워지지 않아.

내 인생은
이미 여기에 남아 있는
너의 지문을 찾기 위한 여정.

이 나비들,

나비들은 떠났다고 생각했지만
결코 떠난 적이 없었다.
나비들은 너에 대한 생각만으로
다시 춤을 춘다.
나비들은 너에게 결코 닿지 않을
감정을 향해 춤추며 날아간다······

난 괜찮아.
네가 필요하지 않아서가 아니라

나만의 생각만 먹고사는 것으로
나는 충분해.

크리스털

내가 사는 열대 지역 시간대에서
흔히 찾아오는 그런 밤
나는 안경을 벗고
클래식 음악을 튼다
논리적인 생각은 제쳐 두고
그 자리에 마법에 걸린 듯
넋 나간 마음을 들어놓는다
잘자
크리스털 같은 마음

감사의 말

하나님께 감사 드립니다.
이 책이 출간될 수 있게 멋진 기회를
준 KPG, 나의 훌륭한 에디터 개비,
내가 가진 다른 생각들을 통해
나의 재능을 발견하고 지도해 준
부모님, 허브와 오미,
엄청난 도움을 주고 인내심을 가진 이이,
재미있는 글로 나에게 실질적인 영감을
주는 코린과 노피에, 팝음악과

소셜미디어, 샘 스미스와
찰리 푸스에게 고마움을 전합니다.
이 책을 쓰는 내내 나는 그들의
음악을 들었습니다. 이 책을 읽는
독자들이 나의 삶의 조각들을
즐기기 바랍니다.
그리고 마지막으로,
그러나 영원히 끝나지 않을
나의 커피에게.

줄리에 Z u l i e

언어와 그림으로 부푼 삶을 살아 가고 있습니다.

가방과 꿈을 가진 또 다른 인간.

마음속엔 히피,
가슴 안엔 여피.

@my.coffee.affair로
당신의 이야기를 들려주세요.

커피의 시간

1판 1쇄 인쇄 2019년 9월 3일
1판 1쇄 발행 2019년 9월 10일

지은이 줄리에
옮긴이 키와 블란츠

발행인 양원석 **본부장** 김순미 **편집장** 최은영
해외저작권 최푸름 **디자인** RHK 디자인팀 남미현 **제작** 문태일, 안성현
영업마케팅 최창규, 김용환, 윤우성, 양정길, 이은혜, 신우섭, 조아라,
　　　　　　유가형, 김유정, 임도진, 정문희, 신예은, 유수정

펴낸 곳 ㈜알에이치코리아
주소 서울시 금천구 가산디지털2로 53, 20층 (가산동, 한라시그마밸리)
편집문의 02-6443-8888 **구입문의** 02-6443-8838
홈페이지 http://rhk.co.kr **등록** 2004년 1월 15일 제2-3726호

ISBN 978-89-255-6777-8 (03800)

※ 이 책은 ㈜알에이치코리아가 저작권자와의 계약에 따라 발행한 것이므로
　　본사의 서면 허락 없이는 어떠한 형태나 수단으로도 이 책의 내용을 이용하지 못합니다.

※ 잘못된 책은 구입하신 서점에서 바꾸어 드립니다.

※ 책값은 뒤표지에 있습니다.